UNO, DOS, HOLA Y ADIÓS

por
DAVID LE JARS

traducido por
Susana Pasternac

PRINCETON ■ LONDON

Publicado en Estados Unidos y Canadá
por Two-Can Publishing LLC,
234 Nassau Street, Princeton NJ 08542

www.two-canpublishing.com

© 2000, 1997 Two-Can Publishing

Para más información sobre libros y multimedia de Two-Can,
llame al teléfono 1-609-921-6700, fax 1-609-921-3349
o consulte nuestro sitio Web http://www.two-canpublishing.com

Director de arte Ivan Bulloch
Editora Diana James
Diseñador asistente Dawn Apperley
Ilustrador David Le Jars

'Two-Can' es una marca registrada de Two-Can Publishing.
Two-Can Publishing es una división de Zenith Entertainment plc,
43-45 Dorset Street, London W1H 4AB

ISBN 1-58728-952-0

Impreso en Hong Kong

Contenido

¡Uno, dos, tres!

uno

dos

¿Cuántos perros quedarían si uno se va?

Cuenta hasta cinco y luego de cinco para atrás.

cinco

seis

¿De qué hay más, ovejas o cerdos?

1 2 3 4 5

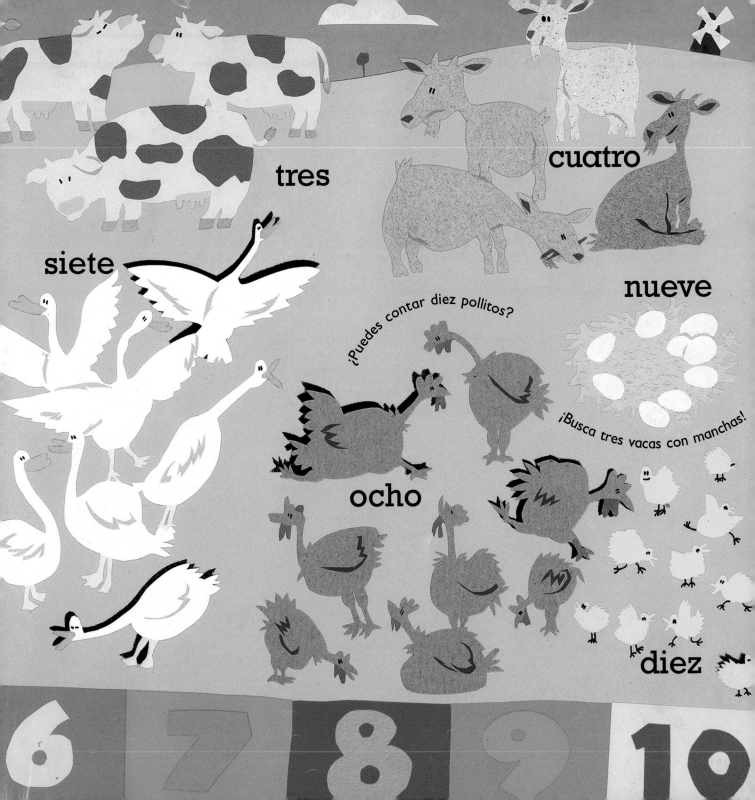

tres

cuatro

nueve

siete

¿Puedes contar diez pollitos?

¡Busca tres vacas con manchas!

ocho

diez

6 7 8 9 10

Rojo y azul

rojo

azul

verde

¿Cuál es tu color preferido?

Señala la persona que pinta de púrpura la pared.

¿De qué color son las paredes de tu cuarto?

amarillo

anaranjado

¿Cuántos colores hay en esta página?

púrpura

Es un perro...

grande

alto

¿Quién pasea al perro más pequeño?

pequeño

bajo

¿Cuál es el hueso más grande?

enorme

chiquitín

lanudo

liso

¿De qué color es el plato vacío?

¿Por qué tiene hambre este perro?

gordo

flaco

lleno

vacío

Formas divertidas

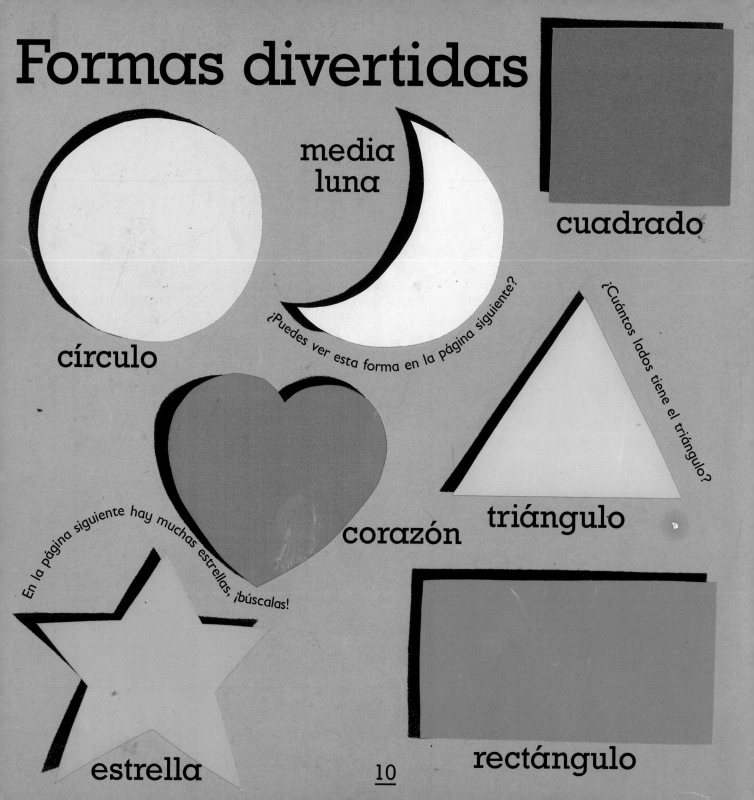

media luna

cuadrado

círculo

¿Puedes ver esta forma en la página siguiente?

¿Cuántos lados tiene el triángulo?

corazón

triángulo

En la página siguiente hay muchas estrellas, ¡búscalas!

estrella

rectángulo

Lo que hacemos

¿Hasta dónde puedes saltar?

saltar

correr

¿Puedes brincar en un pie?

brincar

¿Qué es más rápido, correr o caminar?

caminar

atrapar

nadar

jugar

¿Qué come este señor?

comer

¿Cuál es tu juego preferido?

dormir

¿Cómo estás?

triste

cansado

¡Hazte el sorprendido!

sorprendido

¿Qué te hace feliz?

feliz

¿Tienes miedo de algo?

asustado

preocupado

15

¡Arriba, abajo, adentro y afuera!

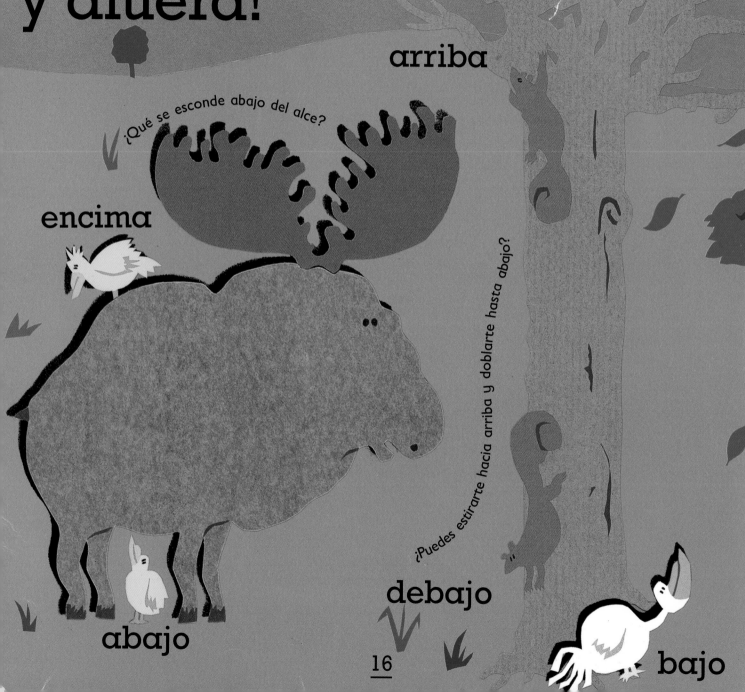

arriba

¿Qué se esconde abajo del alce?

encima

¿Puedes estirarte hacia arriba y doblarte hasta abajo?

abajo

debajo

bajo

alto

¿Por encima de qué salta la oveja?

por encima

por debajo

¿Crees que el pájaro pasará por debajo de la valla?

detrás

afuera

¿Quién está saliendo del agujero?

delante

adentro

Nuestro día

¿De qué color es el lápiz que usa este niño?

dibujar

pintar

¿Qué está pintando está persona?

¿Cuál es tu libro preferido?

leer

pegar

cortar

¡Ten cuidado con tus tijeras!

verter

modelar
un vestido

¿Con qué hizo el vestido esta niña?

19

Sol, lluvia, nieve

sol

¿Cuándo usas el paraguas?

lluvia

¿Qué te gusta hacer cuando es un día de sol?

charco

nube

viento

El viento se lleva las hojas del árbol.

¿Hace frío o calor cuando nieva?

nieve

21

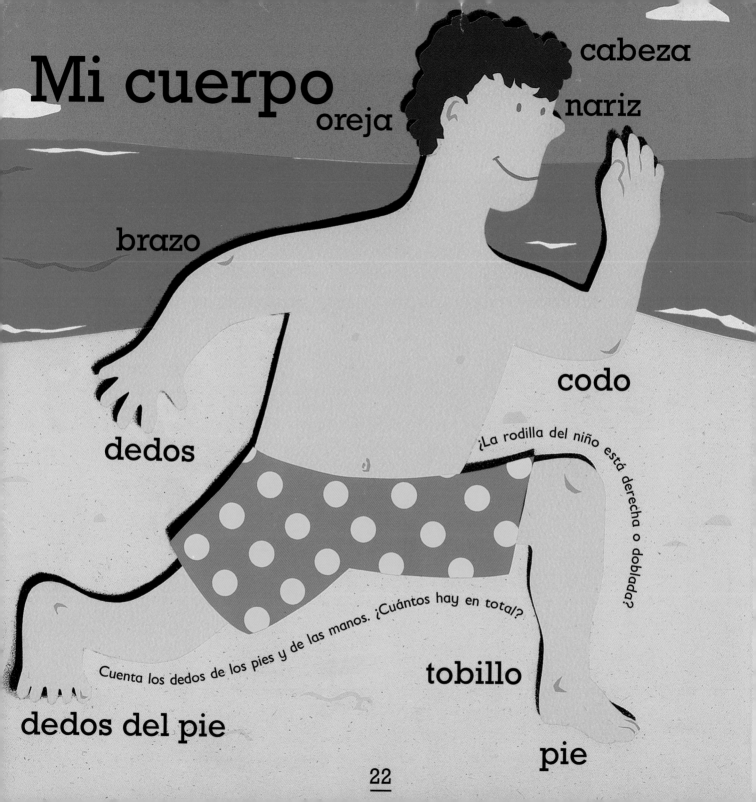

Mi cuerpo

cabeza

oreja

nariz

brazo

codo

dedos

¿La rodilla del niño está derecha o doblada?

Cuenta los dedos de los pies y de las manos. ¿Cuántos hay en total?

tobillo

dedos del pie

pie

¿Tienes el pelo corto o largo?

pelo

ojos

boca

mano

¡Señala tu barriguita!

piernas

rodilla

¿Puedes tocarte los dedos de los pies sin doblar las rodillas?

23